KB267690

빈 가슴은 고요로 채워 두고

미래시선 105

빈 가슴은 고요로 채워 두고

정용진 제3시집

미래문화사

시인의 말

　마음과 가슴을 비운 백자 항아리가 청자빛 하늘 천년의 꿈을 담고 있다. 그의 가슴은 비어 있기 때문에 항상 구름이 흐르고, 바람 소리가 들리고, 밤마다 별들이 찾아와 밝은 빛을 쏟아 놓는다.

　우리가 살아가고 있는 오늘의 세계는 외면상으로는 풍요로운 것 같으나 내면적으로는 너무나 빈곤하다. 비어 있어야 청아하고 아름다운 삶이 차오를 터인데, 가슴 속에는 물욕을 채우기에 급급한 탐심, 율동에 밀려난 사색, 그리고 영원을 망각한 어지러운 생각들이 자리하고 있어 자연과의 진실된 대화를 나눌 수 있는 여유를 잃고 이렇게 답답해 하는 것이다.

　여기에 모은 시들은 《강마을》과 《장미밭에서》에 이어 세 번째로 엮어 세상에 내놓는 작품들이다. 나는 시란 직관의 눈으로 바라본 사물의 세계를 사유의 체로 걸러서 탄생시킨 생명의 언어인 동시에 영혼의 메아리라고 믿는 사람이다. 맑은 거울이 만가지 형상을 담는 깊은 진리를 마음속에 간직하면서 "빈 가슴은 고요로 채워 두고" 싶다. 발문을 써 주신 문병란 선생님과 이세방 시인 그리고 이 시집이 세상에 빛을 보게 수고하여 주신 미래문화사 여러분들께 감사를 드린다.

1999년 여름
미국 캘리포니아 샌디에고
秋溪洞에서 鄭用眞 씀

1

빈 가슴은 고요로 채워 두고

나의 시(詩)

나의 시는
한밤중
야래향(夜來香)이 번지는
뒤뜰을 거닐다가

문득 마주친
연인의 가슴 속에서
건져낸 아픔이다.

빈들에
눈발이 덮이듯
낙엽이 쌓이는
늦가을
돌계단을 오르는
발자국 소리다.

나의 시는
한겨울
동면의 시간들을
인내로 살다가
언 땅을 가르고 솟는

생명의 열기.

이제
가난한 마음속에
영혼의 깃발로
나부끼는 감격이다.

푸른
심원(深遠)에서
끝없이 출렁이는
물결 소리다.

봄의 교향시

흙은
생명의 어머니.

짓궂게
골목을 맴돌던
개구쟁이가
바람으로 돌아와
먼지를 털면

울가에서
수줍게 옷을 벗는
자목련.

물오르는
과목 가지 위에는
꿈을 깨우기 위하여
산새들이
가부좌를 틀고

앞산 마루에는
술렁이는

아지랑이의 혼불

계곡의 실개천이
가락을 품고
율동을 시작하면

호수 속에는
나무와 산들이
하나같이
거꾸로 서서

시와
바람과
물결이 엮는
교향시를 듣는다.

꽃노을

연지 찍고
곤지 찍고

간밤
꿈길을 밟고
님 만나러 가는
구름 한 점.

서산 마루를 오르다
발이 부르터
옷깃에 배인
붉은 꽃노을.

연지 찍고
곤지 찍고

그리움 품고 자란
내 아씨는
애련의 설움
옷고름에 씻고

저녁마다
수줍어
가슴 달아오르는
붉은 꽃노을.

춘매(春梅)

지루한 겨울잠
뜬눈으로 지새우고

앞산 잔설이
토해내는
매서운 서릿발에

화사하게 웃고 섰는
춘매(春梅) 옛 등걸

갈 것이 가고 나면
올 것이 못 올 것인가

계율은 선비의
늦잠을 일깨우는
그윽한 향
손시린 호문목(好文木)

올해도
글읽는 소리
고을 가득 넘치오라.

목련(木蓮)

아른아른
시내 건너 앞산 마루
아리랑이 자진가락

면화구름 피어나듯
앞뜰에는 백목련
뒷 창가엔 자목련

대지가 몸을 푸는 울가에는
차가운 봄의 향기

애련(愛戀)의 입김으로
피고 지는 목련꽃
청초한 몸매
그윽한 숨결

면화구름 피어나듯
앞뜰에는 백목련
뒷 창가엔 자목련.

자목련

떠돌며 헛산 세월
양지 울가 버텨 놓고

이제는
누구의 한(恨)이든
후련토록 울어 보자.

간밤에 찬비 맞아
올올이 해진 가슴

바람 멎은 뒷 뜨락에
자색으로 멍이 들어
향으로 되살아나는

저녁 노을
서러운 넋

창가에서
홀로 피고 지는
자목련 옛 등걸.

백목련 · 1

개벽 하늘
열린 가슴

돌담장 울가에선
봄 햇살이 깃을 펴고

바람 한점 일어서면
가지마다 학이 나려

사당뜰 돌계단을
향이 되어 오르는가

서천에는 맑은 구름
앞산에는 아지랑이

옛 님의 발소린 양
저어 오는 강물 소리

산꿩이 알 고르는 오후
후두둑 꽃잎 지는 백목련.

백목련 · 2

마음이 한가하면
생각들도 소박해져
언 몸으로 지난 삼동
거친 흙에 섰더라도

대쪽 같은 성품으로
한 생을 여민 충절
돌계단 사당 앞에
구름으로 일어선다.

외길로 산 뜻이라
몸매도 바르나니
천품이 옮아와
향으로 넘치는가

이 봄도
마른 가지마다
혼으로 살아 숨쉬는
강물 소리 들린다.

유채꽃 하늘

닫혔던 하늘이 문을 열면
그대의 손길처럼 부드러운
강언덕 위에
그리운 발길들이 몰려와
초록 물감을 푼다.

여기저기서
끝없이 흔들어대는 손길들

바람이 멎어도
가슴이 떨리고
굳었던 마음이 금시
황금 물결로 출렁인다.

오월 언덕에는
그리운 사람은 그리움으로
애타는 사람은 심한 갈증으로
슬픈 사람은
꽃잎 같은 눈물로 섰을 일이다.

동구 밖

유채밭에 나서면
사랑하는 사람들의
눈길들은
온통 금모래빛이다.

낮에는
땅에서 별빛으로
밤에는
하늘에서 꽃보라로
피어오르는 유채꽃.

끝없이 흔들어대던
그 손길 못 잊어
바람이 멎어도
가슴이 떨리고
굳었던 마음이 금시
황금 물결로 출렁인다.

진달래

아직도
눈 덮인 산하
동면의 늦잠이
한창인데

서둘러 깨어서
아침 노을로 번져 오는
연분홍 진달래.

돌아보아도
바라보아도
냄새나고 미천한
세상이지만

구차한 몸을
바위 억서리
그늘진 계곡에 버티며

서러웠던 세월
분노하던 함성처럼
몰려서서

한빛깔과 노래로
아픈 가슴을 열어
두견의 한을 울어주는
애절한 그 마음.

지금도
역사의 뒷골목에선
탐욕의 장막을 치고
민중의 몫을 가로채는
속 검은 무리들의
진한 홍정이 무르익는데

둘이 결코
하나이어야 한다는
애타는 염원으로

맨 먼저 깨어서
조국 산하에 피어오르는
한 겨레의 참마음
진달래의 뜨거운 혼.

장 미

새벽 안개
면사포로 드리우고
그리움 망울져
영롱한 이슬
방울 방울.

사랑이
가슴에 차오르면
비로소
아름아름 입을 여는
장미꽃 송이 송이들.

사납게 찌르던
가시의 아픔도
추억의 향기로 번지는
꽃그늘 언덕에서
뜨거운 혼불로
타오르는 밀어여.

도라지꽃

누님의
무덤같이
나직한 산기슭

이른 아침
눈물 같은
이슬을 달고
깨어나서

간밤
애태우던
꿈을 노래하는
백도라지꽃
떨리는 숨결.

노을이 붉게 번지는
머언 산마루엔
목이 타는
사슴의 무리들.

그대의

설움 배인 발소리가
옷깃을 스치며
가슴에 와닿아

애닮게 흘러간
인연의 시간들을
회상하는
자색 도라지꽃
슬픈 몸짓.

사과꽃

나른한 윤사월
따가운 햇살 받아

진흙 딛고
도리(桃李)인 양
홀로 수줍은
사과꽃.

어려서는 푸른 볼이
과년하여
꿈빛으로 익어

서녁 하늘
황혼을
타는 저녁 노을
빠알간 가슴.

패랭이꽃

외진 길역에
밟히며 살아온
패랭이꽃.

기다리는 세월이
서러워
흐르는 한 순간이
마음 아파라

아침 노을에
두 뺨이 붉었구나

그대가
서럽게 울던 자리에
밤마다
별빛이 가득.

엉겅퀴 손톱에
할퀴운 두 볼을
흐르는 바람이 씻어 준다.

외진 길역에
천민의 혼으로 서 있는
애닯은 너의 모습
패랭이꽃.

잘 자거라
이 밤을
기다리던 님이
네 품에 돌아와
고운 꿈길을
엮어 주리라.

박 꽃

솔 숲을 가르는
천년의 바람 한 점
성하(盛夏)에도 설경(雪景)으로
가지마다
학(鶴)이 내려

선비의 지조로
그윽한
솔의 향기.

외진 산모롱이
돌담길을
살포시 돌아서면

초가지붕마다
누님의 동정같이
하아얀 달빛으로
피어나는 박꽃.

칸 나

가을 햇살이
유난히 따가운 오후
고목 가지 끝을
솔개가 찾아와
한가히 돌고 있는데

연못가에서
한여름 물만 퍼 마시던
싱그러운 칸나가

푸른 하늘에
붉은 잉크 듬뿍 찍어
추상열일(秋霜熱日)이라 써 놓고
빙그레 웃는다.

밤에는 넓은 자락으로
한기(寒氣)를 가리우고

낮에는 가슴 깊이
하늘과 땅과
과원의 향을 담다가

저문 하늘에
추야장장(秋夜長長)이라 써 놓고
호젓이 웃는다.

낙화(落花)

늦은 봄날
울밑에 잠든
삽살개 잔등 위로
솔 솔 이는 실바람.

나무 그늘을 지나는
여인의 옷깃에
꽃물결 무늬가
일고 있다.

지금은
어느 계집아이의
어머니가 되었을
세월인데

뒷집 아이가 날린
연(鳶)이
높이 떠올라
이별이 아픈
골목길.

시들은 꽃을 버리고
떠나가는
나비의 몸짓으로
낙화가 일고 있다.

머얼리서는
추억이 슬픈
강물 소리.

그대와 함께 거닐던
거리에
꽃노을이 붉은
이 저녁

몸살을 앓아
수척해진
너의 모습이
무척 그립다.

2
백 자

산

몸집이 저리도
우람하게 크더니
마음 또한
가없이 넓구나

눈비 뿌리고
바람이 거칠어도

자는 듯 깨어 있고
깨어 있는 듯 잠든
인자(仁者)의 모습.

비운 가슴엔
명월(明月)이 찾아들고
고고히 솟은 자태엔
백운(白雲)이 서리었구나.

날고 기고
높고 낮고
크고 작은

영혼(靈魂)의 물결들을
하나같이 불러
품에 숨기는
산(山), 너는

그리운 가슴
영원(永遠)의 고향(故鄕).

산울림

산에 올라
너를 부르니
산에서 살자 한다.

계곡을 내려와
너를 찾으니

초생달로
못 속에 잠겨 있는
앳된 얼굴.

다시 그리워
너를 부르니
산에서 살자 한다.

봄 비

언 강이 풀리는 춘삼월
외나무 다리에
봄비가 나리고 있다.

벗은 나뭇가지
부풀어오른
가슴 가슴을 찾아서
꽃비가 젖어들고 있다.

파도에 일렁이는
물결에 못 견뎌
갈매기들처럼
하늘을
날고 싶어하는
돌고래떼들....

노을이 번지는 석양
카타리나 근해엔
돌고래 하아얀 가슴이
붉게 붉게 물들고 있다.

강가에 앉아서

산그늘이 내리는
해거름
강가에 앉아서
나루터를 바라보면

산모롱이를 분주히 돌아
귀가를 서두르는
서러운 발걸음들이 있다.

물이 흘러가듯
세월이 밀려가는
강가에 앉아서

낮은 구름 가득히
황혼이 깃드는 어스름
우수에 찬 상념들이
나래를 펴면

마음은 파아란 강물
가슴에 고이는 붉은 저녁 노을

산천이 잠을 청하는
저문 강가엔
또 하나의
꿈이 서리고 있다.

산행(山行)

낙엽이 지는 소린가 싶어
계곡을 찾아드니
외진 숲속에서
꽃이 피고 있었다.

빈손으로
찾아간 나에게
그는
향기를 전해 주고
웃음은 덤으로 준다.

나도 그대에게
무엇인가 주고 싶어
찾았으나 빈손뿐

겸연쩍게 돌아서는데
지나던 바람이
향을 싣고 따라와
옷깃에 뿌려 준다.

그대가 오는 소리인가 싶어
귀를 기울이니
꽃이 지고 있었다.

청 자

솔의 향이
옷깃에 스며
흙이 옥인 양
그윽한데

천년의 꿈이
독경 소리로 번지고

주름진 세월이
호수로 고여
물빛이 차다.

바라만 보아도
구름이 일고
가슴에 차오르는
아늑함

방금
물을 박차고 나온
앳된 몸매엔
칠색 무지개의
물결이 영롱하다.

백 자

흰 모시적삼
차가운 눈매에
서린 애련

무명
도공의 손길이
여인의 숨결로 살아서

윤기 흐르는
앳된 살결.

빈 가슴은
고요로 채워 두고

학의 울음으로
일어서는
천년의 바람 소리

박꽃으로 피는
달빛.

밤

밤은
어두움이 싫어
해가 지기 무섭게
검은
휘장을 두르고
산을 내려온다.

나무들이
정물같이 서 있는
골짜기를
바윗속으로 흐르는
물소리.

머언 발치에서
파도로 일어서는
밤 바다의
달빛이 눈부시다.

밤은
빛의 아들을
잉태하려는
어머님의 기도.

길

우리의 삶 앞에
길이 놓여 있다.

무수한 발자국을 따라
길을 걷다 보면
반가이 만나는 얼굴
서럽게 잃어버린 얼굴.

오가는 발길로 다져진
굳은 땅 위에
진하게 드리워진
무수한 잔영들...

우리의 삶 앞에
가능성의 길이 열려 있다.

때로는 기뻐하고, 분노하며
더러는 슬퍼하고, 즐거워하며
길을 가다 보면

주어진 삶을 묵묵히

탑처럼 쌓으며
땀에 젖은 모습들을
만나 볼 수 있다.

우리의 삶 앞에
영원으로 통하는 길이 있다.

농부의 일기

나는
마음의 밭을 가는
가난한 농부.

이른봄
잠든 땅을
쟁기로 갈아

꿈의 씨앗을
흙가슴 깊숙이
묻어 두면

어느새
석양빛으로 영글어
들녘에 가득하다.

나는
인생의 밭을 가는
허름한 농부.

진종일

삶의 밭에서
불의를 가려내듯
잡초를 추리다가

땀 솟은
얼굴을 들어
저문 하늘을 바라보면
가슴 가득 차오르는
영원의 기쁨.

낮 달

간밤을 뒤척이다
뜬눈으로 지새우고
해가 중천임을
아득히 잊은 채
소리없이 사위어 가는
하아얀 낮달.

돌아서서 떠나가던
옛 님의
고운 뒷모습이
낮달로 떠오르면

가을 강처럼
깊게 깊게 고여 오는
마알간 하늘

회상의 물결이
굽이굽이 아롱지는
푸른 호반에는

박꽃 같은 몸매로

소리없이 낡아가는
그대의 얼굴
하아얀 낮달.

이 별

황혼이
달무리처럼 깔리는
골목길을
구르는 낙엽은
저문 길손.

그는
삶의 아픔들을
진홍으로 엮어 놓고

외진
포구를 찾아가

낡은 목선에
몸을 싣는다.

차가운 강물에는
구름이 떠 있고
바람이 불고
세월이 흐른다.

떨어져 나가는
지체를 바라보며
구부정한 허리를
내어 보이는
고목 잔등에는

달빛이 흐르고
눈물이 있고
추억이 슬프다.

선인장

바람이 좋아서
알몸으로
전신에 멍이 들도록
바람을 맞으며
선인장이 서 있다.

오뉴월 땡볕에도
지칠 줄 모르고
달아오르는 모래밭에
발을 묻고 선 너는

천하대장군(天下 大將軍)
지하여장군(地下 女將軍)

몰려오는 바람 소리에
신명이 나서
가시돋친 손을 휘저으며
광야를 사랑하는
방랑의 혼.

바람이 좋아서

알몸으로
전신에 멍이 들도록
바람을 맞으며
선인장이 서 있다.

사막 일기

아련한 지평선
목이 마른
사막에 서면

나는 어느새
사막이 되어
가슴 깊이 흐르는
물소리를 듣는다.

은빛 바다에
출렁이는
바람의 물결.

황금 햇살이
내려꽂히는
사막에 서면
나는 목이 마르고

문명 속에서
고갈되어 가는
생명의 아픔.

지금
사막에서는
달아오르는 태양이
능금덩이로
익어가고 있다.

사막에 서면
나는 광야가 되고
사막에서는
물소리가 들린다.

3
대숲 소리

가을 · 2

가을은
청자 항아리에 고이는
애수.

그리움 찾아
떠돌던 영혼이
목말라 돌아와
하늘을 마시면
하늘은 호수가 되고
호수는 하늘이 되네.

길 잃은 바람이
수수밭을 지나며
우수수 우수수
소리를 지르면

놀란 새떼들도
파르르 파르르
되받고

못 잊어

삼경이 지도록
애타는 마음은
청자 항아리에 고이는
달빛.

오늘도
그대를 부르니
하늘은 청자가 되고
청자는 하늘이 되네.

가을은
너와 나의 사랑이 고이는
청자 항아리
그리운
물결 소리.

대숲 소리

태고의 바람이 깃을 펴는
대숲의 물결 속에는
겁에서 겁으로 흐르는
침묵이 있다.

굽은 세상을
늘상 곧추 서서
마디마디 숨쉬는 법열(法悅)
지존의 자세여!

천공(天空)을 우러르며
스스로
푸르고 누르게 여무는
대숲에는

열반의 문을 열어 놓고
우주의 섭리를 받아들이는
마음 비워 둔 도량이 있다.

하늘 땅이 눈 덮여
삼라 만상이

벗은 몸이 될 때에
비로소 일어서는
대숲의 바람 소리
마른 바람 소리.

멀고 가까운 곳에서
생명이 피고 지는
진통의 깊은 밤

대숲 소리를 들으면
정토(淨土)의 길이
청정(淸淨)에서 온다는 것을

그는
사각사각
몸짓으로 일러준다.

대숲에는
생명의 윤회가
숨결로 살아서
겁의 세월을
가득히 차오르는
무량(無量)의 충만이 있다.

산머루

꽃사슴도
입맞추는
숲길 사이로
조각 하늘이 열리면

그리움 못 견뎌
고목 등걸을 휘감던
산머루가 익는다.

바람이
세월로 흐르고
세월이
바람으로 흐르는
외진 산록.

길 찾는
너의 옷빛도
주홍으로 물들고

머루향에 취한
이 저녁
산노을이 붉다.

가을 소곡

가을은
무지개빛 의상을 걸치고
소달구지를 타고 오는
신농(神農) 씨의 발소리.

여물어 굳어진
껍질 틈새로
열리는 창
흐르는 강물 소리.

가을은 영원을 기다리는
백자 항아리

청자빛 하늘자락이
서리서리
고여 오네.

이제
가을은
그대 가슴에
향기로운

시로 엉그는
그리운 숨결.

가을 소식

오션사이드 비치에서
해수욕을 즐기던
바닷바람이
늦더위에 쫓겨
길을 잃고 헤매다가

해질녘
석양볕에서
일광욕을 즐기는
코스모스에게 다가와서
귀엣말을 전하더니

하늘을 향하여 손을 흔들고
거리를 향하여 손을 흔든다.

시냇물은 얕아져도
강물처럼 깊어 가는
하늘이여.

서릿발에 맞서려고
한여름을 능선에서

날을 세운 왁세들이
지나는 바람결을
가르는 소리.

등을 덥히려
굴을 나선 가재 등이
어느새 붉어졌다.

단풍(丹楓)

지금
줄리안 계곡에는
고목 가지마다
옮겨 붙는
불빛이 한창이다.

잎들은
그 영혼이
얼마나 깊고 투명하기에

한밤중
별들이 쏟아 놓은
눈빛만으로도
연정의
타는 입술로 저리 붉었는가.

순간을 살아도
영원으로 물드는
나무들의
침묵의 언어들…

서릿발이
엉그는 하늘
땅거미가 내리는
어스름.

다리를 절고 가는 여인의
발자국 위로
추억이
소리없이 쌓이고 있다.

*줄리안;샌디에고 팔로마 산자락에 있는 단풍이 아름다운
사과동산.

추적(秋笛)

누구의
애끊는 염원이냐
마디마디 꺾이며
그윽히 파고드는
저 음성은
누구의
타는 가슴이냐.

골목을 접어들다
산길로 들어서고
언덕에 이르러
숨을 돌리는 듯
매몰차게 내려쏟는
저 외침은
누구의
뼈를 깎는 아픔이냐.

바람이 멎어도
흔들리는 물결
평지에 들어서도
숨찬 저 갈구는

어느
가난한 영혼의
기도 소리냐.

끊어졌다 이어지고
이어졌다 끊어지며
잠 못 이루네.

이 밤도
평상(平床)에 젖어드는
저 애절한 가락은
어느 누구의
타는 혼불이냐.

만추(晚秋) · 1

다람쥐들의
발길이 잦은
상수리나무 그늘에는

한여름
이끼에 싸여
촉촉히 젖은 바위들이

삼동이 오기 전에
등을 덥히느라
두런거리고

갈숲을
흔들고 지나가는
소슬한 바람 소리

살찐 가재들도
굴을 기어나와
늪가에서
일광욕을 즐기다가
전신이 붉어졌다.

만추(晚秋)·2

산이
가을 술에 취하여
볼이 붉어지면

강물은
낙엽이 되어 흐르고
낙엽은
강물이 되어
머언길을 떠나간다.

창밖에는
눈발 서린
달빛에 취하여
갈짓자 걸음으로
몰려가는 바람 소리.

갈대밭 매운 바람이
살 속을 저며 오면
나무들은
마구 벗어 던지고

바위들은
몸을 숨긴 채
얼굴만 뾰족히
내어놓는다.

들길이
저녁 노을에 취하여
졸고 있으면

낙엽은
바람 소리로 흐르고
바람은
낙엽을 몰고
머언길을 떠나간다.

나목(裸木)

그리워 애탄가슴
님찾아 떠돌다가
길잃어 잎떨구고
너홀로 선자리에
차가운 서릿바람
돌아와 서성이네
구르는 낙엽소리
가을이 깊었는가.

낯익은 동산떠나
그대를 찾았노라
부르는 그음성이
티없이 메아리져
아련한 추억들이
들길에 번지는데
그대의 발자국에
가을이 쌓여있네.

초설부(初雪賦)

오는 시간을 위하여
가는 바람이
자리를 비켜 주는
정월 초하루.

창 밖에는
그리운 사람의 발소리로
눈이 나리고 있다.

어두운 마음
검은 그늘에도
가득 차 오르는
은빛 물결.

죽음이
죽음으로 끝날
죄악의 땅에
의인의 몸으로
죄인처럼 강림하신
그리스도의
사랑과 언약.

자신의
신념을 의지하고
죄인이면서
의인처럼
착각 속에 살아온
우리들의 삶이
부끄러워지는 이 시각

가식의 탈을
벗어 버리듯
주님의 뜨락에
나목(裸木)으로 서서
첫눈을 맞으리라.

가난한 영혼과
병든 육신이
양털같이 씻기는
새날의
벅찬 감격을 위하여.

설일(雪日)

벗은 등걸
검은 나뭇가지 위로
백학이 내려앉듯
흰 눈이 쌓이고 있다.

재색 구름이
은빛 하늘로
승화하는
섣달 그믐.

명일을 세러
낯익은
고샅길을 들어서는
누님의 동정같이
하아얀 겨울.

머언 강언덕엔
서러웠던 시간들이
밀려가는
저문 강물 소리.

눈이 나리는 날에는
꿈이 꿈을 만나서
꽃이 되고

한이 한을 만나서
꿈으로 익는
설레임이 있다.

나목(裸木) 가지마다
생명이 움트는
숨결이 들리고 있다.

12월의 노래

12월은
마음을 비우는 달이다.
더 많은 것
더 큰 것
더 좋은 것을 찾아

해진 바람처럼
남루한 자락으로
뒷골목을 맴돌던
우리들도

눈 덮인 산록
차가운 달빛 아래
알몸으로 서서
또 하나의 삶을
약속받는 나무들처럼
마음을 비우는 달이다.

12월은
가슴을 비우는 달이다.
스스로

의인임을 자처하며
때묻은 얼굴에

허영의 분을 바르고
위선의 탈을 쓰고
나를 높이기 위하여
남을 밟으며

이것이 진실인 양
거짓 살아온 우리들도
회개함으로
거듭나는 삶을
약속받기 위하여
가슴을 비우는 달이다.

12월은
죄스러운
삶의 구렁에서
모두를 비우고
영혼의 말씀을
담기 위하여

육신마저 비우는 달이다.

"내가 세상을 이겼노라"
헐벗고
검은 나무들이
눈을 받아 마시고
희어 가듯

우리들의
붉은 죄가
씻기는 달이다.

4

비오는 창가에서

새벽의 노래

새벽이 일어선다
침묵과 고통의
기인 밤을 이기고
새벽이 일어선다.

절망과 죽음을 넘어
칠흑의 밤을 뚫고 솟는
산의 환희와 감격처럼
날마다 날마다
청명한 공간을 깨우는
쇠북 소리로
바람 소리로
탄생의 아픔 소리로
새벽이 일어선다.

한밤중을
파도로 살아서 일어서고
첫닭의 울음 소리로 일어서고
아름 노송의
솔바람 소리로 일어선다.

부활의 십자가를 지고 오르는
승리와 감격이
물결치며
마을로 들어서는
광망의 이 아침

풀잎마다
이슬 방울들이
영롱히 빛나는 들녘에
새벽 안개를 뚫고
개선장군처럼 들어서는 발소리.

이제
나비들이 춤을 예비하고
별들이 출동을 준비하고
산새들이 둥지를 박차고
비상을 시작하는
하루의 신선한 꿈.

억년의 세월들을
알을 품고 인내하던

생명의 푸른 빛이
온 누리를 채우는
새벽이 일어선다
우리들의 가슴 뜨거운
혼불로 일어선다.

비온 후에

비온 후에
산천이 세례를 받고
문 밖에 서 있던
나무들이
생명수에 젖어

새 하늘과 새 땅이
열리는 이 시각
저희들의 영혼도
씻긴 바 되어
자라게 하옵소서.

세상의 티끌로
더럽혀진 몸과

삶의
허구 속에서
탐욕으로 물들어
상한 마음들...

비온 후에
더욱 굳어진
반석에 서서

저희들로 하여금
산천의 초목들처럼
거듭나게 하옵소서.

남의 눈에서 티를 찾던
충혈된 눈이
자신의 들보를 보게 하시고

죄로 넘치던
가슴을 비워
말씀으로 채우게 하소서

비온 후에
청신한 자연이듯
마른 심령들이
모두 새롭게 하옵소서.

가을 기도

가을은
모든 알곡들이
거두어진 후
빈들일 때에
비로소
충만으로 남는 것.

폭염의 하늘이
자수정 바람으로
깊어 가는 가을 강
그윽한 가슴.

거친 삶 속에서
방황하며
불만의 파도로
시달리던
지난날들이

이제는
수고의 땀방울로 영글어
산과 들에 차오르노니

주님
비단 장옷
칠보단장인들
어이
서리를 맞은
단풍보다 붉으오리까.

가슴이 뜨거워
사랑이 진한
어머님의 손길같이

저희들의 심중에도
향내 나는 말씀으로
넘쳐나는
이 가을이게 하소서.

비오는 창가에서

비오는 창가에서
빗소리를 들으며
유리창이 씻기는 모습을
바라다보면

가냘픈 내 영혼도
수정처럼 맑게 씻기는
기쁨을 얻는다.

산길을 덮으며
눈이 오던 날
가슴 가득 차오르던
충만감

땅거미가 내리는
어스름
봉당을 올라서며
눈을 털던
발소리가 그립다.

비오는 날엔

온종일
잊혀진 사람의 소식이
기다려진다.

빗물이 흐르는
창 밖에
유채화로 서 있는
너의 얼굴

아직도
창 밖에는
귀에 익은
발소리처럼
저벅저벅
비가 나리고 있다.

기도하는 이 아침에

아버지
땀흘리는 수고도
별로 못하면서
졸부가 되겠다고
이웃들을 괴롭히고
맑은 물을 흐리며 덤비다가
또 한 해를 맞이하는
마루터기에 섰습니다.

마음을 비우고
가슴을 비우고
육신을 비운 후에

당신 앞에 섰을 때의
이 후련하고
정결하고
소박함들을

저희들은 왜
잠시 후엔 잊어버리고
아비규환의 연속으로

살아가야 하는지를 모르겠습니다.

하늘을 향하여
우러르듯 푸르게 솟아
머리를 조아리는
저 높은 산들을 바라보며
무너져내리기만 하는
저희 자신들을
아버지여
불쌍히 여겨 주옵소서.

약육강식
우승열패
적자생존의
피비린내 나는
허세의 벌판을 헤매이던
병든 영혼들이
깊이 잠든 사이에

양털보다 더 흰 눈으로
고루고루 덮어 주시고

이제 모두들 깨어서
"새 하늘과 새 땅"을 보라시는
아버지

저희들의
피같이 붉은 죄를 용서하시고
마음속에는
백합화의 향내가 흐르고
가슴 속에는
장미꽃의 향기가 솟아나고
이마에는
수고한 땀의 향기가 번지는
삶이 되게 하옵소서.

소수의 욕망으로 인하여
평화가 전쟁으로
화하지 않게 하시고
통일을 이루어
민족이 하나 되는
새해가 되게 하옵소서.

갈보리산 위에 세워졌던
십자가를 바라보면서
저희들도
자기에게 주어진 십자가를 지고
아버지를 따라가는
승리의 삶이 되게 하옵소서.

믿음이 약한 자
소망이 없는 자
사랑이 고갈된 자들이
모두 한자리에 모여
아버지께 감사하며 기도하는
이 아침이 되게 하옵소서.

강(江)의 노래

너와 나는
머언 후일
강(江)물로 만나자.

굽이굽이
인생 굽이를
사랑처럼 맴돌다가

폭포를 만나면
함께 뛰어내리고
여울을 지날 때엔
소리 높여 울어 가자.

달빛이 쏟아지는
은모랫벌에서 피워내는
바람의 축제.

갈대들의
환호를 받으면서
기인
여정이 끝나는 포구에

해조음이
그리운 사람들의 발소리로
몰려오며는

너와 나는
머언 후일
붉은
강(江)노을로 뜨자.

아 내

아내는
꿈으로 깊어 가는
호수(湖水)

고요한 바람에도
가슴 설레이고
님을 기다리는
그리움으로
출렁이는 물결.

서러웠던
삶의 언덕에서
애처롭게 맺힌
눈물 방울도

사랑한다는
한마디 말에
소리없이 녹아내리는
봄눈.

오늘도

인생의 기인 강가에 서서
그대를 부르면
노을빛으로 타오르는
사랑의 불빛

그대 가슴은.

미루나무 그늘

은백양 고운 살결
바른 몸매로
하늘 향해
우러르는 손길…

칠월 염천
무더위 속에서도
개천가에 줄지어 서서

기다린 시간들 위에
목마른 숨결
끝없는 갈구여.

그러나
발 아랜 물소리
가슴 속에는
깃발로 나부끼는
하늬바람
청아한 가락.

오늘도

물 오르는 강언덕
머언 산허리엔

인정이 풀잎으로 돋아
깊게 깊게 고이는
그리운 꿈길
미루나무 그늘.

소나무

굽이굽이
주름진 산허리
마디 없는 세월을
벼랑에 서서
상록의 눈빛으로
고고한 천품.

춘 하 추 동
사계(四季)를
하늘 향한
지조로운 몸매로

천년 광음을
품에 안아
빛살로 가르네.

그 심중은
얼마나 깊고 넓기에
바람이 깃들면
청아한 가락으로
메아리져 흐르는가.

동천(冬天)
순백의 눈발에도
늘 푸르러 그윽한
향으로 번지네.

오늘도
설원(雪源)에 청청히 서서
침묵으로 말하는
소나무여.

바닷가에서

너는
어느 산천
외진 골목의
애닯은 소식을 전하러

세상 사람들도
이르다 손저어
망망대해라 부르는
여기에 이르렀는가.

한낮을
살풀이 무당굿
춤마당으로 뛰놀다

저문 하늘
차가운 눈매에
고향 달이 차오르면
삼경을 뒤척이며
해조음으로 우는 물결

오는 바람 아니 막고

가는 세월 못 잡아도
하아얀 모랫벌을 닮아
희어 가는 갈매기떼들

오늘도
두고 온 청산 못 잊어
파아랗게 물드는
그리운 가슴이여.

카탈리나 아일랜드

뜨락 잠기락
갈매기 울음 속에
밤에는
안개로 씻기고
낮에는
파도로 살아서

수평선 위에
유유히 떠오르는
카탈리나 아일랜드

떠가는 구름 속에
하늘의 소식 듣고
비취빛 물결에 씻기는
은모랫벌
수녀의 마음.

타는 육신이
해갈을 하면
영혼의 새싹도
윤기가 흐르듯

거친 산록을 방황하던
버펄로떼들도
계곡에 고인 물로
목을 축이고는
하늘을 보는구나
뿌리를 찾는구나

밤에는
이슬로 닦이우고
낮에는
햇빛으로 씻기면서
초연히 떠오르는
카탈리나 아일랜드.

*카탈리나 아일랜드;로스앤젤레스 서해 바다의 아름다운
섬.

코로나도 아일랜드

하늘밭 가득 핀
면화구름.

진종일 출렁이는
쪽빛 물결에
발을 담그고

싱그러운 가슴을 스치우는
바람 소리
파도 소리
코로나도 아일랜드.

낯선 행객들의
눈빛이며
옷 매무새를
눈여겨 살피면서

갈매기들은
추억을 물어 나르며
소리치지만

석양
능금빛 햇살을 가르며
솟구치는
저녁 바다
돌고래떼들의
매끄러운
그 몸빛이 눈부시다.

*코로나도 아일랜드;샌디에고에 있는 섬 이름.

저녁 풍경

감빛 노을
서산에 깃을 펴면

산은 병풍이 되고
그대는 또다시
산 새악시가 되어
연지볼을 붉힌다.

석양볕이
따갑게 타오르는
갈대밭 언덕에는

우수의 상념들이
추억처럼
나래를 펴고

머언 산모롱이
모닥불 타오르는
까락 내음이
어스름을 밟고
마을로 들어서는 황혼엔

이리떼들이
앞산 숲길을 내려와
열두 가지 음성으로
밤을 엮는다.

저녁 벤치에서

툭 툭 툭
만숙된 과일들이
등뒤에서
소리를 내며 떨어지는
벤치에 앉아서

저문 하늘을 바라보면
서산 마루엔
하루에 서러운 꿈이
노을로 타는
아픔으로 가득하다.

길 옆 공터에
버려진 채 낡아 가는
말 달구지 위에는
땀 배인 전설이
소리없이 쌓이고

저들은 어디로 가는가
떠나가는 사람들의
발 소리에도

솔개의 몸짓으로 퍼덕이는
슬픈 고독.

잠을 청하는 물결처럼
땅거미가 내리는
저녁 벤치에는

그리운 사람들의 눈매와
정든 사람들의
따사로운 체온이
별빛으로 고이고 있다
바람 소리로 흐르고 있다.

시인(詩人)이 시를 쓴다는 것은

시인(詩人)이
시(詩)를 쓴다는 것은

자신의
영혼의 깃발을
세상에 내거는 것이다.

시인이
시를 쓰기 이전에는
언어란 언어
문자란 문자들이

동굴의
깊은 광맥 속에서
광부의 손길을 기다리는
광석들처럼

무거운 침묵이 있었을 뿐
아무런
이유나 의미가 없었다.

이들에게
짝을 지어 주고
신을 신겨 주고
날개를 달아서
어엿이 세상에 내보낼 때

이들은 비로소
걷기도 하고
뛰기도 하고
날기도 하며
존재의 가치를
발하기 시작하였다.

시인이 시를 써서
문 밖에 내걸기 이전에는
나부끼는
영혼의 깃발이란
누구도 볼 수가 없었다.

시인이
분신이 되어

슬픔을 울어 주었을 때
그들은 감격하였고
그리운 눈빛이 되어
다가갔을 때
불같이 달아오르던
그 가슴.

시는
산 자의 언어가 되어
말하고
죽은 자의 문자가 되어
남아 있는 것

내 영혼의 깃발을
달아 올릴 때
그대 비록
머언 곳에 있을지라도
환호를 보내다오.

이제
내 마음은

물결이 되어
네 귓가에 찰랑이고 싶고
낙엽이 되어
잠든 뜨락에
소리를 망각한 채
쌓이고 싶다.

삼동에
얼음으로 태어나서
능금덩이같이 타오르는
네 가슴 속을
녹아내리는
한 점의 진액이고 싶다.

시인이
문을 열어 주기 이전에는
숨겨 둔 밀어와
뜨거운 입술로도
사랑을
말할 수가 없었다.

5
조국

물레방아

태양이 돌고
지구가 돌고
달빛을 따라 세월이 도는
노루목
물레방아.

어두운 세월
인생을 돌리던
동막 할아버지가
물길을 따라 돌아간 후

해마다
짝 잃은 황새가
고향을 찾아와
집 나간 분이를 부르듯

외진 마을을
홀로 지키며
날마다 날마다
낡아가는 물레방아.

구름이 돌고
바람이 돌고
인걸이 돌아가듯
덧없이 낡아가는
노루목
물레방아.

돌미나리

십리골 노루목
자작나무 숲길을
돌여울로 내리는
손시린 봄물길.

돌 짬새기마다
모진 삶의 몸짓들이
타래를 틀고 버텨 서서
뿌리를 내리는
산마을 돌미나리

대추 방망이같이
탄탄하던 젊은이들이
하나같이 고향을 떠난 이후

울을 둘러싼
늙은 대추나무의
결실도 부실해지고

진 외가 초가집
텅 비인 마당에

삽살개 한 마리가
졸고 있는 한나절

물이끼 파아란
돌 짬새기 사이로
사월의 입맛처럼
쌉쌀히 돋아나는
돌미나리.

오지 항아리

이름모를 도공
거친 손길에
일그러진
오지 항아리

진흙에 손때 묻어
빛깔도 어설픈데
그윽히 서린
조모의 숨결.

지금은
한겨울 다 파먹은
김치독으로
장독대 한 모퉁이에
버려진 채

어젯밤 빗물에
하늘이 내려앉아
잔잔히 번지는
달과 구름과
별들의 노래여.

흙으로 나서
흙으로 살다가
흙으로 되돌아가는
회귀의 인연 속에

지금은
모두 버리고 떠난
고향 산천을
홀로 담고 섰는 너는

이름없는 도공
거친 손길에
일그러진
오지 항아리

천년의 애련처럼
서러운
오지 항아리.

갈잎 소곡

갈잎 꺾어
햇논에 깔면
먹물로 풀리는 사월인데

외지에서 겨울을 난
뻐꾸기는
어느새 돌아와
뒷 숲에서
저리 슗게 우는가.

머리가 너무 희었다고
물을 들이던
옆집 김서방

논두렁 속새 캐어
잃어버린 입맛을 되찾으려
무진 애를 쓰더니

벚꽃이 지는 초여름
꽃상여를 타고
길마재를 넘었구나.

지난 봄비로
푸성귀처럼 연하게 자란
갈잎 꺾어
다랑이논에 깔면
우단같이 고운 햇모가
뿌리를 내리는 사월인데
아니 보이는
분이의 얼굴.

외지에서 겨울을 난
뻐꾸기가
새길이 뚫리고
공장이 들어선
옛 마을을 찾아와
목을 놓아 우는구나.

벼랑진
떡갈나무숲을 헤매며
피를 토하며 우는구나.

조 국

조국은
내 사념(思念) 영토(領土)를
장지문(壯紙門) 틈 사이로
스며 오는
고향 하늘.

그는
내게로 다가와서
깃발이 되어
휘날리기도 하고
영원의 강물로
굽이치는

아! 아! 조국은
한의 얼
한의 꿈
한의 혈맥.

백의민족 선열들의
경천애인(敬天愛人)
홍익인간(弘益人間)의

거룩한 애국혼이

여기
우리들의 모토 위에
뿌리 깊이 내려
그 체온이 따사롭다.

우리 모두는
한(韓)의 숨결
꽃으로 피어나
향이 되고
열매로 익어야 하리
뼈를 묻을
조국, 뜨거운 가슴에.

여주별곡(驪州別曲)·1

- 마암(馬巖)

황려(黃驪)벌 달리던
용마(龍馬)의 숨결이
마암으로 솟아
천고(千古)의 세월을
기다림이여.

여강(驪江)
비단 물결이
님의 노래로
뱃전에 와 닿으면

감로수(甘露水)로 자란
금빛 잉어를 낚는
"마암어등(馬巖漁燈)"의
한가로운 불빛.

발 아래는
수정(水晶)같이 맑은
은모랫벌

산경(山景)이 초연(超然)하니

오대산(五臺山) 내린 물도
흐름 멈춰 거울인데

빈 산에 가득한
달빛을
품에 안는 영월루(迎月樓).

이 밤도
신륵종성(神勒鍾聲)에 젖어
잠 못 이루는
마암(馬巖)의 고독(孤獨)이여.

*황려(黃驪);여주의 옛 이름.

여주별곡(驪州別曲) · 2
- 신륵사(神勒寺)

외길 향한
구도의 염원이
얼마나 깊고 멀기에

여강(驪江)은
봉미산(鳳尾山) 자락을
품에 안고
밤과 낮을
여울져 흐르는가.

대소리 같은
신륵사 종소리가
차안(此岸)에 일어
피안(彼岸)에 달하면

원효(元曉), 나옹(懶翁), 무학(舞鶴) 스님의
설법이
중생의 낡고 빈 가슴을
자등명(自燈明)으로 채우고
법등명(法燈明)으로 밝히네.

인연(因緣)이 다하면
만남과 헤어짐의 아픔도
무상(無常)한
구름처럼
떠나가는 것.

오늘도
사바(娑婆)의 세계를 향해
멀어져 가는
저문 강물 소리

여래(如來)의 마음 같은
신륵사의 종소리가
노을 속에 번지네.

여주별곡(驪州別曲)·3

- 여강(驪江)

님은
명주 비단자락.

내 마을 인정을
살포시 두르고
굽어 도는
청실 강줄기
그리운 물결 소리

밤마다
애틋한 꿈을 싣고 와
은모랫벌
조포(潮浦) 나루를 건너는

님은
아련한 달빛.

*여강은 여주 앞강 이름.
 조포(潮浦)는 마포, 이포(梨浦) 광나루와 함께 한강의 4대
나루의 하나임.

내 누님의
속마음 같은
명주 비단자락.

여주별곡(驪州別曲)·4
- 영월루(迎月樓)에 올라서

청산을 우러르며
벽사(壁寺)를 굽이 돌아
마암으로 흘러드는
청심(淸心)의 여강(驪江)

무구한 세월의
꿈이 서린
천인단애 바윗등엔
초연히 웃고 섰는
진달래 꽃등걸

머언데선 구름이 일고
가까이선 범종 소리
청강에 파문 지는데

발 아랜
가없는 은모랫벌
내 고향 강마을

그리던 옛님도
학(鶴)으로 되돌아와

강심(江心)을 거니는데

어제의
동안(童顔)은 어데 두고
백발 서린 모습으로
장승처럼 예 섰는가.

마암에 뜨는 달이
영월루에 깃을 펴고
이릉(二陵)에 걸린 달이
향촌에 가득한데

내 마음도 물빛으로
파아란 가슴
하늘이 고여 오네

벽사를 굽이 돌아
마암을 우러르고
오늘도
소리없이 저어가는
청심의 여강(驪江).

*이릉(세종 영릉, 효종 영릉)

탐라의 연가

사월 훈풍이
하루방
돌담길을 맴돌면
유채화도
노오란 가슴을 열어
비바리의
연심을 토해내는
탐라의 설움.

물을 긷는 냉바리
밭을 가는 왕바리
열린 사립문으로
몰려오는 바람 소리

출렁이는 물결
바다를 연모해
따라 나서다
해녀의 가슴으로 솟아오른
한라산 봉우리 봉우리.

밤마다

달빛이 내려와 고이는
백록담에는
눈발이 서리고

애처로운 가슴을
가리워 주는
붉은 철쭉 꽃자락.

잠 못 이뤄
그리던 날들을
천지연 폭포 되어
두드리는
물결 소리 소리

오늘도
일출봉에 서서
기다리다
망부석이 되어
눈물로 지는
왕벚나무 꽃그늘
기인 그림자

바람 소리
파도 소리
황혼으로 잠드는
탐라의 설움.

오월을 생각하며

빛이 타는구나
빛이 타는구나

삼사월 보리밭 십리길
잊혀진 산마을에
가난이 타는구나

목이 깔깔하도록
넘기기가 힘들었던
꽁보리밥
서러움을 섞어
함께 삼키면

어느새
뻐꾸기도 제 알고
뒷산에 와 목놓아 울고

철모르는 까투리는
잔솔 밭에서
알을 품고 있구나

동학난리
청포장수 울고 가던
남도천리 구례 장터에도
한이 타는 오월.

못다 이룬 꿈이
반달로 솟아 있는
망월동 언덕엔

민주주의의 보릿고개가
너무나 가파르게 섰구나

저녁마다
보리까락 타오르는
외진 산마을
빛이 타는구나
빛이 타는구나

노모의 눈물 같은
서러움이 타는구나.

밤에 본 남한산성

빛이 있구나
빛이 있구나
한얼의 빛이 있구나.

억년 세월
푸른 물결
잠든 산천에
빛이 넘쳐 있구나.

눈 녹은 물소리가
저리도 줄기찬가
삼학사의 애절한
시 구절로 되살아 오는가

여기는 남한산성
우리가 깨어
밤하늘의 꽃밭같이
역사의 불을 밝혔던들

삼전도의 굴욕이야 있었으랴
형제지맹의 치욕을 겪었으랴.

숨결이 있구나
숨결이 있구나
영원의 숨결이 살아 있구나

설움 배인 세월을 지나
되놈 말발굽에 패인 땅에
햇움이 돋고

저리도 우람하게
민중이 주인이라 외치는
쇳소리 같은 함성이 살아 있구나.

주화파도 나오너라
주전파도 나오너라
중도파도 따라 나서거라
너는 뉘 피가 섞인 어느 백성이냐

"가노라 삼각산아 다시 보자 한강수야
고국 산천을 떠나고자 하랴마는
세월이 하수상하니 올동말동 하여라."

김상헌의 애국혼이
빛이 되어 되살아나는 이 밤

아득한 천지
그윽한 산천을
숨결로 넘치는 옛 성에는
병사들의 말발굽 소리가
하늘과 땅에 가득하구나

오늘도
솔바람 소리로
잠 못 이루는
밤에 본 남한산성

우리가 일찍이 깨어
밤하늘에 별과 같이
민족을 지켰던들
삼전도의 슬픔이야 있었으랴
형제지맹의 치욕이야 당했으랴.

억년 세월을 침묵하는

찬돌마다 서린
구국의 한(恨)
민족의 가슴에
심지를 돋우고

불을 밝히자
불을 밝히자

이제 우리는
천고의 숨결이
산 내음으로 살아나는
조국의 흙 속에
푸른 혼으로 서자
민족과 역사의 주인으로 서자.

늦봄 문익환 목사님 영전에

조국이 힘을 잃은
칠흑의 밤
동토 북간도에서
꿈길을 열어
송몽규, 윤동주, 김정우와
가슴 깊이 지펴온
애국의 혼불.

갈한 박토
거친 들길에
복음의 씨앗을 뿌리시며

한의 빛이여 깨어나라
한의 얼이여 숨트거라
통일의 그날을 맞이하자

안방은
칼쥔 자에 내어주고
골방에서 밤샘하며
"꿈을 비는 마음"으로
이 나라 사랑하셨네

이 겨레 사랑하셨네.

한생을 기다리며
망울 없는 강산에서
꽃을 피우려
피맺혀, 피맺혀
부르시던 늦봄이
이제 겨우 문턱에 다다른
문민의 언덕에서
홀연히 떠나가시다니

님은
저 의로운 투쟁의 삶이
진실된 민족의 얼로
어떻게
살아 남는가를
민중의 마음속에
혈서로 새겨 주신
통일꾼이십니다.

조국의 허리

판문점을 흐르는
임진강 물결이
끊임없이 용솟음치듯
한(恨)으로 서린
칠천만 겨레의 염원이
가슴 가슴
문을 열어
통일을 이루는 그날

님의 묘전에
한빛의 불을 밝히고
"꿈을 비는 마음"으로
이 기쁜 소식에
가슴 벅찬
축하의 술잔을
올리오리다.

그렇게 사랑하시던 조국
겨레의 마음속에
늦봄으로
영원히 사시옵소서.

캄톤 비가(悲歌)

어제까지만 하여도
삐거덕 소리를 내면서
새벽을 열고
자정을 닫아 걸던
녹슨 철문들이
오늘은 굳게 닫혀 있다.

1992년 4월 29일
황혼으로 물드는
캄톤의 거리에는
흑백의 대결이
눈에 불을 켜고
살기가 충천하였다.

무서운 빈곤과
더 무서운 안일과
더더욱 죄스러운
권태와 광란
이 죽음의 거리에
생명을 내어걸고
젖과 빵을 나르는

코리안들, 코리안들…

저들은
우리를 향하여
돈만 아는
동양의 유태인이라고
비아냥을 놓지만

우리의 가슴 속에는
사막 속에서도
뿌리를 내리려는
생명수의 푸른 꿈이 있다.

죄가 사망이 되어 타오르는
사망이 지옥이 되어 불붙는
캄톤의 거리.

땅에 불이 나서
하늘이 타고
검은 동네에 불이 나서
황토 마을이 되고

숯장사가
숯을 지고 불로 들어가서
불덩어리가 되는
흑백의 처절한 대결
그리고
저 무서운 죄값

무지는 맹목을 낳고
맹목은 파멸을 낳고
파멸은 가난을 낳고
가난은 죄를 잉태하고
예수마저 떠나간
절망의 십자거리.

불이다!
불이닷!
동에서 서로
남에서 북으로
방화와 약탈
살인과 광란
아비규환으로 치닫는

광인의 거리

깃발을 든 자는
자칭이든 타칭이든
저마다 영웅이다.

이 설움, 이 가난,
가슴마다 못처럼 깊이 박힌
한을 못 풀어
실성이나 흔들어대는
검은 무도회
덩달아 날뛰는
히스패닉들의
판초자락들…

왓츠와 로드니킹의
거친 숨결이 마침내
폭발한
불모의 땅
캄톤의 거리.

저들이 만일
그슬린 숯구덩이에서
청자 항아리를 구워내고
검은 토굴 속에서
백자 술병을 빚어내는
백의민족의 슬기로운
오천년의 꿈을
알았더라면
부끄러워하였을 것이다
죄스러워하였을 것이다.

우리 모두는
잿더미 속에서
민족혼을 캐내는
한의 얼
한의 피
한의 꿈.

천사의 도시
로스앤젤레스에서
늦잠을 깬

죄의 무리들이여

이제는
묵은 원한을 아득히 잊고
모두가 내 탓이다
모두가 내 탓이다
죽은 거리 불탄 점포에서
욥이처럼 재를 뒤집어쓰고
용서와 화해를 구하는
의로운 모습들…

우리
코리안들은
물욕에 병들어
영육이 쇠잔한
아메리카 대륙에
동방의 빛과
생기를 전하러 온
평화의 사자.

보라!

저 용솟음치는
함성과 물결
"우리는 평화를 원한다."
"우리는 평화를 사랑한다."

올림픽 거리
아드모어 공원을
길길이 메운
코리안의 물결들
코리안의 행렬들…

우리의 가슴 속에 빛나는 별이 되어

- 추모시

빛이 가리우면
어두움의 하늘.

가파른
삶의 계곡마다
눈물과 한숨
절망과 고통으로
뒤엉킨

어두움의 하늘
분노의 하늘.

한핏줄 한형제 코리안들의
생명과 재산
그리고
진실한 삶을
지키기 위하여

자신을 망각하고
자신을 넘어서고
자신을 승화시킨

열아홉의
청순한 젊음
재성의 혼이여!

이제 그대는
우리 모두의
아들이 되었으니
뜨거운 가슴 속에서
상록수로 자라거라.

보라
거리 거리에
넘쳐나는
겉이 희고 속이 검은 무리들
속이 검고 겉이 흰 무리들

피가 자라서 힘이 되고
힘이 자라서 혼이 되고
혼이 자라서 사랑이 되는

너는

살신성인의 표상.

재성아!
못다 이룬 앳된 그 꿈이
우리 모두의 가슴 속에
별이 되어 자라거라
빛이 되어 자라거라.

*재성군은 4·29 폭동 때 희생된 젊은이임.

북소리

- 조국 광복 50주년 기념시

둥 둥 둥
둥 둥 둥
북이 울린다.

마디마디
꺾이는 가락에
목이 메인
슬픈 민중.

가슴이 찢어지는
아픔으로
둥 둥 둥
둥 둥 둥
북이 울린다.

혼으로 외치는 간구에
하늘이 열리고
한(恨)으로 떠는
애통에
땅이 흐느낀다.

둥 둥 둥
둥 둥 둥
길 없는 천지를
소리 따라 나서는
망국의 설움
이었다 끊기고
끊겼다 이어지며
북이 울린다.

둥 둥 둥
둥 둥 둥
서천이
황혼으로 물드는 고향 벌
앗기고 밟히고
피멍이 들어 텅 비인
민중의 가슴 속에
북소리가 차오른다.

저 소리는
어디서 오는가
저 광망은 어디서 솟는가

36년의
아픈 사슬을 끊고
잘린 지맥에서
붉은 피 흐르는 소리
뜨거운 심장이 뛰는
맥박의 소리.

눈이 있어도 빛이 없고
귀가 있어도
입이 막혔던
적막강산

이 푸른 흙가슴에
말뚝을 박던 놈은 누구냐
그것이 옳다던 역적들은 다
어디 갔느냐.

쌀뒤주를 잃고
옥수수로 연명하며
힘없이 울던 민중
내선일체를 외치던

병든 지성은 어디 있느냐.

성명을 빼앗기고
언어를 빼앗기고
선열들이 심어 준
민족혼마저 약탈당한

암흑의 36년!
비통의 36년!
절망의 36년!

그러나 보라!
천 지 인의
위대한 결합
우렁찬 합창.

하늘이 열리고
땅이 트이고
빛이 쏟아진
1945년 8월 15일
광복의 아침

우리 모두는
기뻐했다
용서했다
서로 얼싸안았다.

둥 둥 둥
둥 둥 둥
북이 울린다.

서러웠던
역사의 강물 위에
힘차게 흘러드는
창조의 물결
개혁의 물결
통일의 물결

부정도 버려라
부패도 버려라
사욕도 버려라

경천애인

홍익인간의
거룩한 민족혼이
백두에서 한라로
한강에서 대동강으로
줄기차게 굽이치는 이 아침

둥 둥 둥
둥 둥 둥
인내천(人乃天)
광제창생(匡濟蒼生) 보국안민(輔國安民)의

피끓는 목소리로
북이 울리고 있다
북이 울리고 있다.

둥 둥 둥
둥 둥 둥
삼천만 선열들의 함성이
칠천만 겨레의 가슴 속에
화합의 숨결로 살아 울려 오는
저 북소리.

자유하라
통일하라
승리하라

한얼의
위대한 민중이여!
거룩한 백성이여!
조국의 영광이여!

작품 해설

빈 가슴은 고요로 채워 두고
- 정용진 제3시집에 부치는 글

문병란

빈 가슴은 고요로 채워 두고
-정용진 제3시집에 부치는 글

문병란(시인, 조선대학교 교수)

1.

정용진 선생은 미국 캘리포니아주 샌디에고 근교에서 장미화원을 경영하며 한편 문학활동을 하시는 분이다. 1987년과 1995년 두 차례 미국을 방문했을 때 매번 만나뵙고 타국살이의 아픔과 향수도 교감하였고 시를 천명으로 감수하여 잠시도 생각과 붓을 놓지 않으심을 접하였다.

뿐만 아니라, 당시 투쟁 과정에서 어려움을 겪고 있는 광주에 대한 성원과 투철한 민주적 소신도 나누어 주셨다. 1980년 5월의 특보를 접하고 일찍이 광주의 5월을 민주시민으로서 통감하며 이때에 정용진 시인은 상황의 어려움을 무릅쓰고 논설과 강연으로 민족정신을 고취시키신 분이시다. 한편 나성의 의로운 시인들은 《빛의 바다》라는 광주에 보내는 격려시집을 엮었고, 그 시집을 국내에서 온 당시 한국문인협회(회장 조병화 시인) 미국 방문단 회원들께 기증했는데, 훗날 알려진 바로는 그 문인들이 기증받은 《빛의 바다》란 5월 광주 격려시집을 공항 쓰레기통에 죄다 버리고 갔다고 한다. 그 중 착한 분

이 전화로 그 사실을 알려주며 극구 사죄했었다고
한다.

굳이 이런 일화를 적는 것은 정용진 시인이나 나
성의 여러 문인들과의 소중한 인연을 들추기 위함이
요, 정용진 시인의 면모를 국내에 소개하는 좋은 자
료 같기 때문이다. 또 나성에 흑인폭동이 일어났을
때 그 진화작업을 위한 미묘한 작전에 의해 흑인들
의 분노의 화살을 한국인 코리안타운에 돌려 우리
동포들이 큰 피해를 입었는데, 자신과 자국 동포들
의 안전을 위해 싸우다 죽은 의로운 젊은이를 위한
장례식과 사태수습 후 우리 민족의 자긍심이나 비극
의 극복에 그의 신념에 찬 문학작품을 가지고 대처
한 실천적 문학인이었다.

이상과 같은 인연에 의해 감히 이 시집의 간행에
조그만 산파역을 부탁받았으나 큰 힘이 되어주지 못
하던 차 마침내 시집을 전문적으로 출간하는 미래문
화사가 정용진 시인의 제3시집 국내 간행의 뜻을 받
아들였으므로 감사의 뜻을 겸하여 해설 형식의 글을
써서 발문으로 삼고자 한다. 내게는 퍽 귀한 인연이
며 두고두고 잊을 수 없는 우정이 되리라 믿어 마지
않는다. 본문에 가서 이러쿵저러쿵 주제넘는 소리를
하더라도 샌디에고 방문시 나누었던 그 캔맥주의 운
치로 여기시고 시인은 시인만이 아는 이심전심의 문
맥 의미를 파악해 주시라 당부 드린다.

2.

나는 지난 40여 년 시를 배우고 썼고 또 교단에서
학생들에게 가르치는 일을 꾸준히 지속해 왔다. 그
러기 위해서 동서고금의 시인들의 시나 그 주장들을
두루 살펴보았다. 그 결과 가장 오래 된 옛날의 시
에서부터 현대의 시에 이르기까지 한결같이 공통된
것, 즉 그 시의 본질적인 모습은 변함이 없고 다만
시대에 따라 부수적인 것들, 문체나 테크닉이나 그
정서적 발산의 운용이나 형상화 방식이 달라졌다는
사실을 알 수 있었다. 가령, 남녀의 연정을 소재로 한
작품의 경우 〈서동요〉나 〈정읍사〉나 〈황조가〉나 〈헌
화가〉나 오늘날 여러 시인들이 쓰는 연애시와 별 차
이가 없다는 점이다.

사실상 획기적인 현대성같이 떠드는 반시나 해체
시나 심지어 슈트 포스트 모던 그 어떤 전위적인 시
일지라도 남녀의 연정을 노래한다 할 때 황진이의
연시하고 요즈음 잘 나간다는 어떤 포스트 모던 여
류시인하고 근본적으로 다를 게 없다는 사실도 확인
하게 된다. 이는 매운탕을 끓일 때 그 생선이야 변
함이 없고 조미료나 요리법의 차이에서 그 맛내기가
달라진 것이나 같을 것이다.

시에 대한 이론만 하더라도 동서고금 시작품 수만
큼이나 다양하고 각양각색 그 주장이 난무하지만 결
국은 시는 시요, 시 이상도 이하도 아닌 다만 그 작
품이 지닌 감동력이 말해 줄 뿐이다.

그래서 나는 2천년 훨씬 전에 《시경》을 엮고 '시

삼백에 사무사(詩三百 思無邪)'를 주장한 공자의 시관을 머리글로 얹고자 한다. 중국 상대의 민요풍의 시 3백여 편을 집대성하여 그것을 경서로 분류한 것을 보면 공자는 시를 인생 수양의 최고 덕목이나 교양 과목으로 생각한 것 같다.

　시 3백 편 속에는 '사악함이 없는 생각' 즉 '맑고 깨끗한 마음'이 담겨 있다고 했다. 따라서 그런 시를 읽으면 우리의 마음이 깨끗해지고 수양의 경지에 이른다고 정의한 것이다. 공자는 또 어떤 시가 그러느냐 묻는 제자들에게 《시경》에 수록된 〈관저(關雎)〉를 지목하면서 그 시는 '낙이불음(樂而不淫)하고 애이불상(哀而不傷)하니 사무사의 경지에 이르게 한다' 하였다. 바닷가에 노니는 물수리새 한 쌍의 정다운 모습을 보고 '요조숙녀(窈窕淑女)는 군자호구(君子好逑)'라 노래한 시를 예로 들었다. '즐거웁되 음란하지 않고 슬픔을 노래했으되 감상적이지 않아 좋은 시'라 하였는데, 이 시의 평가 기준은 오늘날에도 유효할 것 같다. 어찌 복잡다단한 현대문명의 와중에서 2천년 전의 낡은 시나 그 주장이 오늘의 인간들의 마음을 충족할 길이 있을까만 슈트가 어쩌고 하여도 그 본질적인 것은 남녀의 진솔한 사랑과 생명의 원리에 입각한 '애정의 건강성' 그것이 아닐까 한다. 《빈 가슴은 고요로 채워 두고》를 표제에 내걸고 있는 정용진 선생의 시정신과 시작상의 모든 비결은 이 문구 속에 함축되어 있다. 나는 이 문구를 그분의 시관이라 보아도 무방하다고 생각한다.

우선 '빈 가슴'을 생각해 보자. 온갖 물욕이나 오욕칠정 번뇌가 자리한 그러한 마음밭을 텅 비게 하는 것, 한껏 정화된 그런 가슴이 아닐까. 시를 쓴다는 것부터가 이 물질적 욕구에서 해방되고자 함이며 백팔번뇌라 일컫는 온갖 욕망을 승화시키고 연소시키고자 함일진대 시인의 의도는 겸양 그 이상의 신성한 곳에 시의 태반을 두고 있음을 눈치로 알 듯하다. 그 '빈 가슴에다 고요'를 채운다는 것이다. '고요'란 '고요하다'란 형용사의 어간을 떼어내어 명사화한 일종의 조어이다. 빈 가슴에 고요를 채워 둔 시인, 바로 그 시적 순정의 시인이 정용진 선생이시다.

제1부 〈목련〉에서는 주로 화원을 경영하면서 직접 가꾸어 온 애정 어린 관찰을 통해서 꽃을 소재로 한 시를 모았다. 자연은 흙 한 줌, 돌맹이 하나, 풍성한 은혜 아닌 것이 없지만 그 중에서도 이 꽃이야말로 절정이 아닐까 생각한다. '아른아른/시내 건너/앞산마루/아지랑이 자진가락/' '면화구름 피어나듯/앞뜰에는 백목련/뒷뜰에는 자목련/' '대지가 몸을 푸는 울가에는 차가운 봄의 향기/' '애련의 입김으로/피고 지는 목련꽃/청초한 몸매/그윽한 숨결' '면화구름 피어나듯/앞뜰에는 백목련/뒷 창가엔 자목련.'

5연으로 구성된 〈목련〉이란 시 전문이다. '애련의 입김으로 피고 지는 목련꽃'을 노래한 시인데, 행 배치나 시어의 탁마에서 볼 수 있듯이 시의 특징인 간결성, 함축성, 음악적 리듬을 적절히 잘 살리고 있다. 또 비슷한 제목으로 쓴 〈백목련·2〉에선 '외길로 산 뜻이라/몸매도 바르나니/천품이 옮아와/향으로 넘치는가/이 봄도/마른 가지마다/혼으로 살아 숨쉬는/강물 소리 들린다.'

4연 중 3, 4연을 옮겨 놓았는데, 앞의 〈목련〉이란 작품에서보다 그 의미 폭을 넓혔고 메타포(Metaphor)도 강렬해졌다. 목련의 그 순결성이 그것에 그치지 않고 꿋꿋함을 지녀 강한 힘을 느끼게 한다. 여린 꽃잎에서 충절의 서슬이 살아 있는 것 같다.

제2부 〈백자〉에는 〈산〉, 〈봄비〉, 〈산울림〉, 〈청자〉, 〈백자〉, 〈농부의 일기〉 등이 섞여서 실려 있다. 그 중 표제로 삼은 〈백자〉를 살펴보자. '흰 모시적삼/차가운 눈매에/서린 애련/무명/도공의 손길이/여인의 숨결로 살아서/' '윤기 흐르는/앳된 살결/' '빈' 가슴은/고요로 채워 두고' '학의 울음으로/일어서는/천년의 바람 소리/박꽃으로 피는/달빛.'

5연으로 되어 있는 〈백자〉의 전문이다. 전통적 소재를 가져다가 작자 자신의 마음의 자화상을 그린 것 같다. 이른바 mental picture라 하는 심상, 자신의 마음의 그림을 백자로 형상화하였다. 빈 가슴을 고요로 채워 두고 있는 것은 백자가 아니라 자기 자신인 것이다.

그 다음 그의 사상을 엿볼 수 있는 〈농부의 일기〉를 감상하여 보자. '나는/마음의 밭을 가는/가난한 농부' '이른봄/잠든 땅을/쟁기로 갈아/' '꿈의 씨앗을/흙가슴 깊숙이/묻어 두면/' '어느새/석양빛으로 영글어/들녘에 가득하다.'

전반부 4연인데 그는 화원을 경영하는 캘리포니아의 진짜 농부이다. '꿈의 씨앗'을 '흙가슴' 깊숙이 묻어 두고 가을을 기다리는 정직하고 성실한 농부이다. 그러나 이 시는 후반부 3연으로 이어져 그 농부의 역할이 증대된다. '나는/인생의 밭을 가는/허름한 농부' '진종일/삶의 밭에서/불의를 가려내듯/잡초를 추리다가/' '땀 솟은/얼굴을 들어/저문 하늘을 바라보면/가슴 가득 차오르는/영원의 기쁨.'

그가 과연 어떤 농부인가는 이 시를 통해서 알 수 있다. 그는 마음의 밭, 인생의 밭을 가는 진짜 농부인 것이다.

'지금/줄리안 계곡에는/고목 가지마다/옮겨 붙는/불빛이 한창이다/ 〈중략〉서릿발이/영그는 하늘/땅거미가 내리는/어스름/' '다리를 절고 가는 여인의/발자국 위로 추억이/소리없이 쌓이고 있다.'

만리 타국에서 맞는 가을, 단풍을 소재로 하여 쓴 시의 일부분인데 그 건강성이 십분 입증된 시이다. 칙칙하고 어두운 감상은 조금도 없다. 그는 어디서나 대지와 자연의 주인으로서 그 한가운데 건강하게 서 있다. 그리고 일하고 있다.

제4부 〈비오는 창가에서〉에는 그 노동과 사색에서 연유된 관념을 형상화한 시편을 모았다. '절망과 죽음을 넘어/칠흑의 밤을 뚫고 솟는/산의 환희와 감격처럼/날마다 날마다/청명한 공간을 깨우는/쇠북 소리를/바람 소리로/탄생의 아픔 소리로/새벽에 일어선다'(새벽의 노래 첫연)

그는 매일 새벽에 일하는 농부이다. 그 새벽의 의
미를 시적으로 형상화한 것이다. 새벽에 일하러 일
어나는 사람의 기쁨이 위대한 삶의 선언처럼 영롱하
고 싱그러웁다.

이번엔 이국적 소재를 다룬 시편을 살펴보자.

'수평선 위에/유유히 떠오르는/카탈리나 아일랜드'
'떠가는 구름 속에/하늘의 소식 듣고/비취빛 물결에
씻기는/은 모랫벌/수녀의 마음.' (카탈리나 아일랜드의
일부)

'싱그러운 가슴을 스치우는/바람 소리/파도 소리/
코로나도 아일랜드.' '석양/능금빛 햇살을 가르며/솟
구치는/서녘 바다/돌고래떼들의/매끄러운/그 몸빛이
눈부시다.' (코로나도 아일랜드의 일부)

그가 모든 세계의 관광객들이 한번 보고 싶어하는
관광 명소가 너무나 많은 곳에 살지만 그의 마음속
에는 한국인의 눈으로 보는 아름다운 자연밖에 없
다. 굳이 티를 내지 않는 그 소박한 진솔미는 그의
독특한 시적 정서의 영역이라 해도 좋을 것이다. 타
국에 살면서도 그는 그것이 남의 땅이란 생각 없이
대지와 자연이 일하는 사람의 것이라는 확신 속에
긍정적 삶의 자세로 인생을 관조하고 있다. 조금도
흔들리거나 비틀거리거나 방황하지 않는다. 그는 누
가 뭐라고 해도 마치 캘리포니아 대자연의 주인 같
은 늠름함이 있다.

제5부 〈조국〉에는 캘리포니아까지 가지고 가서 고
이 간직한 조국과 고향에 대한 자부심을 시적 형상

화를 통해 모아 놓았다. 가위 불패의 정신사를 보듯 그의 끈끈한 동포애와 조국에 대한 풋풋한 사랑이 구체적 사물을 통해 절절히 스며든다. 현실의 비리를 간과하지 않는 정의감이나 애국심도 구구절절하다. 고향에 바치는 의고(擬古)적 애향가도 있고 광주에 바치는 뜨거운 민주의 송가도 있다. 그런가 하면 통일 염원을 안고 동분서주 남과 북 그리고 감옥을 드나들며 민족과 함께 고뇌하다 작고한 문익환 목사님께 바치는 추모가도 있다. L.A 흑인 폭동 때 희생당한 의로운 젊은이의 죽음을 조상한 〈캄톤 비가(悲歌)〉는 L.A보고서를 대신해도 좋을 것이다.

3.

이상에서 그의 수록 시편들을 대강 살펴보았다. 고국을 떠나 외국에서 더부살이를 하고 있는 사람들, 이른바 해외동포들이 남의 땅에 뿌리를 내리고 그쪽 문화에 완전히 동화된다는 게 얼마나 어려울까. 아니, 그보다 더 어려운 것은 우리 말을 지키고, 우리의 역사와 우리의 관습, 심지어 우리의 괴로운 현실까지 궁궁하면서 끝끝내 미국인이 아닌 한국인으로 산다는 게 얼마나 괴로울까. 나는 오히려 후자에 해당한 정용진 시인의 시를 읽고 그 발문을 쓰면서 조국을 등지거나 버리고 떠나가 아예 영어를 유창하게 굴리고 조국의 현실을 잊고 잘 살면서 일등 국민 행세를 할 수도 있는 그런 길을 버리고 조국의 출판사에서 간행하는 시집 시리즈에 끼고 싶어하는 그 마음에 찡함을 느낀다. 날마다 조간을 보면서 욕하고 불평하고. 그뿐인가, 남북분단 대치에 IMF까지, 어느 것 하나 제대로 된 것이 없는 이 불행한 땅에 살아도 우리 고국에 남아 사는 사람은 해외동포보다 더 나은 처지일까. 이런 단순 비교는 처음부터 우스운 애기지만 그분의 시를 읽다가 시보다 그 이면에 감추어 놓은 말이 있을 듯하여 한없는 아쉬움을 느끼기도 하고 이 글을 쓰는 사이 더 우정이 깊어진 듯도 하다.

정용진 시인이 조국을 떠나던 그때에 비하면 많이 달라진 한국, 그 정서도 시작법도 시 문체도 변모에 변모를 거듭하고 있는데, 고국의 독자들과 교감이 어려운 점도 있고 정용진 시인의 기억장치 속의 고국과 오늘의 조국의 변모에서 오는 정서적 교감의 괴리도 분명 있을 것이다. 간혹 눈에 띄는 의고체투의 문체나 시적 발상법이 같이 간행되는 고국의 시인들과 비교해서 좀 어수룩할지 몰라도 오히려 그것이 유행에 되바라진 포스트 모던 군상의 설익은 멋보다 더 진지한 진짜 우리의 가락, 우리의 운치일 수 있을 것이다. 더욱 정진하시어 이방인이 아니라 미국의 주인으로 그 대지에 확고히 뿌리내리기를 빌며 이 졸문을 끝맺는다.

1999년 5월 29일
광주에서 문병란 씀

빈 가슴은 고요로 채워 두고

•

초판 인쇄 · 1999년 6월 30일
초판 발행 · 1999년 7월 5일

지은 이 · 정용진
펴낸 이 · 임종대
펴낸 곳 · 미래문화사

등록 번호 · 제3-44호
등록 일자 · 1976년 10월 19일

주소 · 서울시 용산구 효창동 5-421 ㉾140-120
전화 · 715-4507, 713-6647
팩시밀리 · 713-4805
ⓒ1999, 미래문화사

값 4,000원

ISBN 89-7299-178-3 03810

· 잘못 만들어진 책은 바꾸어 드립니다.
· 저자와의 협의하에 인지는 생략합니다.